文芸社セレクション

俺様はボスネコ　デカ

小川 真知子
OGAWA Machiko

文芸社

赤川次郎ファン・クラブ

三毛猫ホームズと仲間たち

入会のご案内

会員特典

★会誌「三毛猫ホームズの事件簿」(年４回発行)
会誌の内容は、会員だけが読めるショートショート(肉筆原稿を掲載)、赤川先生の近況報告、先生への質問コーナーなど盛りだくさん。

★ファンの集いを開催
毎年夏、ファンの集いを開催。賞品が当たるクイズ・コーナー、サイン会など、先生と直接お話しできる数少ない機会です。

★「赤川次郎全作品リスト」
500冊を超える著作を検索できる目録を毎年５月に更新。ファン必携のリストです。

ご入会希望の方は、必ず封書で、〒、住所、氏名を明記の上、80円切手１枚を同封し、下記までお送りください。(個人情報は、規定により本来の目的以外に使用せず大切に扱わせていただきます)

〒112-8011
東京都文京区音羽 1−16−6
(株)光文社　文庫編集部内
「赤川次郎Ｆ・Ｃに入りたい」係

濡《ぬれ》羽《ば》色《いろ》のマスク〈29歳の秋〉

茜《あかね》色《いろ》のプロムナード〈30歳の春〉

虹《にじ》色《いろ》のヴァイオリン〈31歳の冬〉

枯《かれ》葉《は》色《いろ》のノートブック〈32歳の秋〉

真《しん》珠《じゅ》色《いろ》のコーヒーカップ〈33歳の春〉

桜《さくら》色《いろ》のハーフコート〈34歳の秋〉

萌《もえ》黄《ぎ》色《いろ》のハンカチーフ〈35歳の春〉

柿《かき》色《いろ》のベビーベッド〈36歳の秋〉

コバルトブルーのパンフレット〈37歳の夏〉

菫《すみれ》色《いろ》のハンドバッグ〈38歳の冬〉

オレンジ色のステッキ〈39歳の秋〉

新緑色のスクールバス〈40歳の冬〉

肌色のポートレート〈41歳の秋〉

えんじ色のカーテン〈42歳の冬〉

栗色のスカーフ〈43歳の秋〉

爽香読本 改訂版 夢色のガイドブック ——杉原爽香、二十七年の軌跡

俺様はデカだ。ネコのデカ。名前じゃね～ぞ。

ネコの刑事だ。俺様の独り言だが、俺様の巡回すべく場所は東京の下町、と言ってもビルが多くなっちまった。家も狭小の三階建てでよ、縁側？　土間？　そんな風情はないし、そんなもの作れるスペースもない。空地？　そんな土地があったらとっくに人間様が金というものに換えているよ。

俺様は猫として生きてきて十数年。

ネコ社会をまとめるべく日々の巡回は欠かせない。が、野良猫から地域ネコと呼び方が変わってよ、オスもメスも人間どもに捕まり腑抜けになっている。

自慢の耳を切られても気にしている奴はいない。

飯も人間様のご機嫌とりながらもらう奴ばかりだ。

むろん俺様も飯は頂く。

俺様には上司がいる。ネコ社会も階級制だ。

年老いて寝ているだけになっているが、一昔前は上司が通れば他の奴らは道を空けるくらいのボスネコだった。そのあとを受け継いだのが俺様である。

ネコ社会にも自由を！　個人情報保護！　男尊女卑なくせ！　弱い者いじめ反対！

な〜んて騒ぐ輩も増えている。俺様は勝手に生きていけばいいと思っている。

己の人生だ！　誰からとやかく言われるものでもない。

それならなんでネコデカなんてやっているのか？

そんなことは分かり切っている。

俺様しかできないからだ。

え？　またたびで酔っ払いの喧嘩はあるか？　って。昔はしょっちゅうあったが、随分少なくなった。

またたび好きが減ったな。人間で言えば酒を飲まなくなった若者と同じだ。

またたびの味すら知らん奴も増えている。

地域ネコなんて呼ばれているが、俺様から言わせればなんだそりゃ。飯をくれる家は同じ家ばかり、地域で可愛がるなんてないさ。

可愛がってくれる人間は同じ人間だけだよ。

今も昔もそこは変わらんが、人間様が罠を仕掛けて俺らを増やさないように、病気になりにくいようにって、大事なもんを引きちぎっていく。

でもよ、ネコが長生きして老いたネコを捨てる人間様もいるじゃねーか。

昔の方が人間様は優しかったな。

こんなことを言ったら人間様がブーブー文句を言ってくるのだろうが、

ネズミが増えたら何が起こるかは分かっているんだろう？

何事も加減が大事なんだよなぁ。

まぁ、俺様はネコだから文句など聞こえんが。

俺様くらい男気があって精力あふれている人間はいるか？

草食男子なんていらねぇな。

子孫残さずしてどうする気だ。

俺様が死んだあとは誰がこの地域を守ってくれるんだ。

生き死には神様が決めているんだろ。

自然に生き、自然に死ねればいいと俺様は思う。

どんなに苦しくても、どんなに辛くても、歯を食いしばって生きていれば必ず幸せは来る。

絶対に幸せは来る。俺様が言うんだから間違いない。

人間様が勝手に俺様たちを増やさないようにしてるのに、殺処分なくそうなんて言ってやがる。

殺しているのは人間様だろ。

人間様が好きな言葉だ！「そっと見守って下さい。」これ、俺様たちにも言えねぇ〜か？

まぁ、そんなことはどうでもいいか。

ネコデカの仕事はな、巡回だけでなく取り締まりもやる。盗人も取り締まる。

悪いことをする奴はだいたい子猫の時に捨てられて、愛情を知らん奴らだ。

運よく人間様に拾われても幸せになるかは運しだいだ。

ただなぁ〜子猫は守ってやりたいというのが俺様の今の一番の悩みだ。

メス猫の中には他に男を見つけたから子供なんてい〜らない、と言っていなくなる奴がいる。

置いてけぼりをくらった子猫はたまったもんじゃない。

俺様はオスだから乳をやることができない。しぶしぶ夜中に可愛がってくれそうな人間様の近くへ運ぶことがある。その時にな、子猫が乳を探すんだよ。

切なくて泣きながら運んだことがある。

これも俺様にしかできないことだ。

他の奴らは見向きもしない。

滅多にないが子猫を亡くしたばかりのメスネコが、捨てられた子猫に乳をあげているところを見たことがある。

この時はネコも捨てたもんじゃないな、と思ったことがある。

俺様は適当に生きているが俺様というものがある。

人間様に聞くが、自分というものを胸張って持っているか？

誰にも何も言わせないくらいの生き方をしているか？

俺様はな、義理もネコ情（人間様で言う人情だ）もあるうえ、なんたって喧嘩が強いからこの地域のネコからは恐れられている。

負けた相手には情けをかけることもある。どうしようもない奴がいる時には容赦はしない。弱い奴をけなすこともないし、いじめることもない。俺様はボスネコだからだ。

だから、俺の縄張りで安心して暮らしている奴からはボスネコデカと呼ばれている。


あれは不思議な事件だった。

桜が散り始めの雨の日だったか、俺様は雨が苦手だがパトロールは欠かさない。

霧雨に俺様の自慢の黒い毛を濡らしながら巡回コースを半分ほど終え、いつもの公園に来た時だった。

ちなみに俺様はクロネコだ。人間様は俺のことを「クロ」と呼ぶが、仲間からは「ボス」と呼ばれているから覚えておいてくれ。

誰もいない公園にサラサラ雨が優しく降る中、ひらひら桜の花びらが落ちてきて俺様は上を見上げた。少し白くなりつつある桜の花びらが、ゆっくり雨と一緒に落ちてくるのを見ながら「こんな日も悪くはない」と思った。

巡回を続けようとした時に俺様の視界に子供をとらえた。小学生くらいの男の子だ。

ゆっくりツツジの植え込みまで移動した。

俺様は漆黒の自慢の毛をしているから、闇夜や薄暗いところではなかなか見つからない。

その子供も俺様には気づいていないようだ。

「こんな雨の中一人で何しに来たんだ。まだ朝の6時頃のはずだから通学時間ではないはずだ。」

俺様はツツジの茂みから子供の様子を見ていた。

子供の手に何か握られている。

子供との距離があるからよく見えない。

俺様の金色の鋭い目が子供をとらえたまま、子供の動きに合わせて目で追う。

「泣いているのか？」

子供は何かを握りしめたままずっと下を向いて佇んでいる。

「雨で分からなかったが泣いているな。それにしても何を持っているんだ？」

俺様は子供から視線を外さないようにした。

いきなり子供は握っていた何かを、こともあろうにツツジの茂みに隠れている俺様に向けて投げつけてきやがった。ツツジが俺様を守ってくれたからいいものを、子供は乱暴だから好かん。

俺様の仲間に人間慣れしている白地に茶色の毛並みをした2歳のメス猫がいるんだが、美人でな、俺様が誘ってもうまくかわしやがるんだ。

その茶白の美人猫が子供の被害にあった。最初は尻の辺りをそっと撫でるんだが、調子に乗って尻の毛をむしりやがって、茶白の美人ちゃんはしばらく毛が生えそろうまで引きこもっていたことがあった。

尻毛でまだ良かった、と俺様が言ったら猫パンチを3発くらった。

俺様の何が悪かったのか、女心は分からん。

子供は瞬時に感情が変化するから「要危険物のため注意」と仲間のネコにお達しを出した。これもデカの仕事。


ま～女のことはさておき、子供が投げつけたものが俺様に当たったら大けがしたぞ！

俺様の動きは俊敏だから当たることはないんだが、予測が難しい子供はより集中しなければならないから疲れる。

「おっ、子供が公園から走ってでていくな。どこに住んでいるんだ。」

と独り言を言いながらツツジの茂みからそっと出て後をつけた。

子供は走るのをやめて肩に力を入れながら、足踏みするようにドンドンとアスファルトを蹴りながら歩いている。

「親は何をしているんだ？　子供が早朝に家から抜け出しているのを知っているのか？」

俺様の中で疑問が渦を巻いているうちに、ある古いマンションの中に入って行った。

「オートロックがないなんて不用心だな。」と思ったが子供が乗ったエレベーターは三階で止まった。

マンションの向かいの家のブロック塀の上から俺様はマンションを見た。

エレベーターから降りた子供は、エレベーター隣のすぐの部屋に物音を立てずにそっと入って行った。時刻はたぶん6時30分くらいだと思う。

ブロック塀から降り、マンション入り口にあるポストを見た。

「301号室、大森《おおもり》　中也《ちゅうや》、東子《とうこ》、西矢《せいや》。」と書かれていた。

西矢か、俺様は子供の名前を確認し、投げつけられたものが何なのか気になって公園に戻った。

戻った公園には誰もいなかった。

俺様は雨に濡れたツツジの茂みの中を探した。

ツツジの根元に濡れて土がついているものが落ちていた。

人形か？　銀色……胸元が赤い……あっエクストラマン人形か。

こいつは赤いからレッドと言われている人形か？

なんでこんなものを捨てていったんだ。

俺様はまた考えた。西矢は泣いていた。感情をこの人形にぶつけるように投げつけていった。

早朝に親に内緒で一人で公園に来ていた。

グルグル俺様の頭が回転している。人間様のことなんてほうっとけばいいのだが、今回はどうも気になる。悪い癖が発動してしまったようだ。

俺様はエクストラマン人形を咥えて仲間のネコに見つからないように
そっと公園を出た。

桜はすべてを知っているかのように枝を少し揺らしながら、頑張ってみろよと言っているようだった。

ボスネコであるからこそ気配を消すことも俺様にとってはお手のものである。

公園を出て少し歩いたら50m先に三毛猫がいる。まだ1歳の子猫上がりで世の中を知らない純粋な可愛い奴である。つい最近人間様の罠にはまり避妊手術を受けてきたばかりである。腹を空かしているから餌につられて罠にはまってしまったのだろう。

守り切れなくて申し訳ない気持ちだ。

ため息をつきながら建物の隙間へと滑り込んで歩いていたら「おい。」と呼び止められる声がした。辺りを見回すが誰もいない。さっきの三毛猫は俺様には気がついていなかったはずだ。気のせいか……。

「おい、クロネコ。」はっきりと至近距離から聞こえた。

咥えていたエクストラマンが口から落ちる。

「いきなり落とすなよ。さっきはいきなり投げつけられるし散々な日だな。」と言いながら落とされたエクストラマンは、膝や尻についた土を払いながら立ち上がっている。

「塩ビというのはこういう時はいいな。布だったら濡れたらはたいても落ちなかった。なあクロネコ。」俺様は黙って動き出したエクストラマンを見ていた。

「黙ってないでなんか言えよ。お前人間じゃないだろ。言葉分かるだろ。」

うるさい奴だと思い、あからさまにムッとした顔をしてやった。

「あ〜俺がなんでしゃべっているのか不思議か？

何でしゃべっているか教えてやるよ。お前は俺と子供に興味を持って俺を咥えたからだ。」

こいつは何を言っている？　俺様の疑問を何一つ解決できない内容を

しゃべっている。

そうじゃないだろ。お前人形だろ！　と言いたくなったがやめた。エクストラマンは今までしゃべれなかった反動なのか、まだしゃべりまくっている。

「俺に牙を立てないで優しく咥えてくれた。俺をどこへ連れて行こうとしたんだ？　君はどこで飼われているネコなんだ？　君の胸の白い菱形の模様と俺の赤い模様が似ているな。」など呆れるほどよくしゃべる。白と赤はまったく違うだろ。

おまけにお前呼ばわりから君に変わっている。

エクストラマンは宇宙人と聞いたことがあるから理解できなくて当たり前か、と。

無理やり自分に言い聞かせ、俺様はこのままわけ分からん奴を置いて立ち去ろうとした時だった。

いけしゃあしゃあとしゃべっていたエクストラマンがいきなり下を向

いて、

「西矢を助けてくれないか？」と言ってきた。

「エクストラマンは人を助けるのはお手のもんだろ。一人でやれよ。」と、呆れたように言ったら、エクストラマンは「俺は人形だから。」と今更のように言った。

俺様は濡れることが嫌いなうえ、巡回もまだ終わってない。西矢と、このどうしようもないエクストラマンのおかげで自慢の漆黒の毛がかなり濡れてしまっていた。とにかく雨に濡れない場所へ行きたかった。「悪いが一人でやってくれ。」と言いエクストラマンを置いて歩きだした。

「くそ～わけの分からんものに捕まった。」

俺様は早歩きで一番近くの一軒家の裏口にある棚の隙間に潜り込んだ。

ここの家はイヌを飼っているが、まったくネコに興味を示さないから安心してくつろげる場所の一つである。

裏口にはネコ用の餌が時々置いてある。俺様はニャーニャー鳴いて催促などしない。

ガラス戸にピタッと寄り添っていると、俺様の黒い姿を見た家の住人が気づいて餌をくれるお気に入りの家だ。

この家はなかなか高級な餌をくれる。乳酸菌入りとか言うやつを置いておいてくれる。もう一つこの家のいい所は家の敷地ギリギリまで広く雨除けがしてある。フェンスギリギリのところには棚がありガーデニングに使う肥料やらが置いてあって、俺様一匹が潜り込んでも気づかれることはない。

巡回が途中だがその家の裏口の餌を少し頂いてから、棚の上に登り一休みしようと伸びをして、体をブルって座る体勢になった時、

「おい！」

「おい！」

棚の下で声がする。下を見るとあのエクストラマンがいるではないか。

「きさま、付いてきたな。」と言うと、エクストラマンは、

「頼む、お願いだ。西矢を助けてあげて欲しい。」と両手を合わせてスリスリ手をこすっている。

「やなこった。俺様は面倒には関わりあいたくない。」と声を大きくして言ったが、

「俺は捨てられた身だし、人形だし、小さいし、テレビのようにビームは出ない。何もできないんだ。」

と、急に自分を卑下している。今までの生意気さはどうしたんだ、と心の中で思いつつ黙って俺様は下を見ながら聞いていた。

「俺はもともとある病院の小児科に入院している大井港《みなと》という子供の人形だったんだ。大事にしてくれていたんだよ。いつも枕の横に俺を置いて遊ぶわけでもなく優しく撫でてるんだ。」

「小児科ってなんだよ？　入院ってなんだよ？」

と思わず聞いてしまった。

エクストラマンは俺様の返答が嬉しかったのか、続けた。

「小児科っていうのは病気の子供が病院に泊まりながら治療する所だよ。病院に泊まることを入院って言うんだ。」

なるほど、先ほど見かけた三毛猫が、避妊させられるため連れていかれて戻ってきたのが翌日だったからあれが入院って言うんだな、と思った。

エクストラマンは、

「もっと詳しく話すからそっちへ行ってもいいか？」

と聞いてきた。

俺様もここまで話を聞くと先を知りたいが、不安な気持ちもあった。しかし頷いていた。

エクストラマンは両手両足を使ってクライミングをするように、肥料の袋につかまりながら器用に上ってきた。

「なかなかな急斜面だね。君はネコだからひとっ飛びなんだろうけど。」

なんて皮肉を言い出すから頷かなければ良かったと後悔した。

「はぁ～、人形でも疲れるんだね。なんでだろう。」

「知るか。」

「水あるか？」と言うエクストラマンに「お前人形だろ。」と突っ込んだら「あ～喉渇いてないか。」と間抜けなことを言う。

「俺はレッドと呼ばれている。ここからの眺めは最悪だな。家の壁しか見えないなぁ。どうしてこんな所がお気に入りなんだ？」

と言うので、軽く睨んで猫パンチをくらわしてやった。

「おっ、下に落ちるじゃないか。」

「落ちてしまえ。」

「人と、ネコと、人形。これもご縁だなぁ。俺がなぜ西矢のところにいたかというと西矢が俺を掴んだからだよ。」とレッドが話し出した。

「西矢は喘息が悪化して同じ病室に入院してきた。喘息は翌日には落ち着いて暇だったのか、ウロウロ歩き回っていたのを俺は向かいの枕元から見ていた。」

「俺に気がついたのは西矢が入院してきて3日目だった。俺の元の持ち主の港は病状が悪く、ほとんど寝たきりなうえ定期的に検査があった。その日も検査のため車いすで港が病室から出ていった。病室には西矢だけになった時間があった。

西矢はそっとベッドから起きてきて俺を掴んだ、そのまま自分のベッドへ戻ったんだ。」

俺様はレッドが家の壁を見ながら両足をぶらぶらさせて話している姿を視界にとらえながら聞いていた。

「検査から戻ってきた港は俺がいないことにすぐに気がついた。俺は布団の中だから見えなかったが、動くのも辛い体なのに自分のベッドの周りをごそごそ探している音が聞こえたんだ。」

レッドは両足をぶらぶらするのをやめて、両手をギュッと握って膝に押し付けて話し続けた。

「港は、もちろん西矢に俺を知らないかって聞いた。俺はここにいるよ！って叫びたかった。だが西矢は知らないって素っ気なく答えたんだ。」

俺様は目を閉じて香箱座りになり耳だけ動かしながら聞いた。

「港はすぐ西矢が盗んだことに気がついたんだろう。西矢になんて言ったと思う？」

レッドは俺様の方を見ながら言った。

俺様はうっすら目を開けわざとレッドがいない方を向いた。

レッドは少し悲しい顔をして、

「僕の病気はなかなか治らないから当分ここにいるんだ。もしレッドを見つけたら、いつでもいいから持ってきてくれる？　僕は一人でこの病室から出られないから。」と西矢に言った。

「なんでここから出られないの？」と西矢は聞き返した。

「僕は車いすがないとトイレにも行けないくらい力がないんだ。情けないでしょ。」

て言った時は、俺は布団の中で泣いたよ。涙は出ないけど泣いたんだ。と、レッドが言うので横目で見たが涙は出ていなかった。

人形や銅像の目から涙が出た、と言って人間様たちが怖がっていたり、拝んだりしているが、俺様みたいに興味が持てないものにとって、人間様の反応が面白いと思える。

しかしレッドは涙を流せないらしい。

港は、「見つけたら」と西矢に言った。

「港と西矢のやり取りでもう分かっただろ。」とレッドが言った。

俺様も分かっていた。

西矢が先に退院してしまったらもうレッドを見つけることができないのに、港はずっとここにいるからいつかは持ってきて、と言っていることを。

「持ってきて。」だ。

「本当に優しい子なんだ。本当は君が盗ったんだろ、と言いたいのをグッと我慢して。

病気でいつも我慢ばかりしている子が、だ！　人間の大人でも言えるか？」とレッドが聞くので、「人間様のことなど知るか。」と心の中で言い、俺様は目を閉じたまま頷きもせずにいた。

俺様の反応に諦めたのかレッドはまた話し出した。

「港の親は俺のような人形には興味がないんだろう。無くなったことに気が付かないんだ。港も盗られたことを言わないし、俺はずっと布団の中でもやもやしていた。」

「西矢はずっと震えていたよ。自分でもやってはいけないことが分かったんだろうな。でも返す勇気も謝る勇気も西矢にはなかった。」

俺様は一度立ち上がり伸びをしてからまた座りなおした。

その動作をレッドはため息をつきながら見ていた。

「西矢はその2日後に退院してしまった。俺を隠し持ったまま、港が西矢の退院準備を見ていたにも拘らず、西矢は港に何も言わず病室を出て行ったんだ。」

俺様はとうとうレッドの話をさえぎって言ってしまった。

「そんな奴を俺様に助けろというのか。」

レッドは静かに俺様の方を向いて、

「それでも助けて欲しい。君はボスネコデカって呼ばれているんだろ。警察みたいなものなんだろ。」と言った。

「なんでそんなことを知っている。ネコの俺様には関係ないことだ。人間の盗人なら人間の警察に言え。すぐ解決する。」

と素っ気なく答えた。

未だかつてない面倒なことに首を突っ込んでしまったと後悔した。

だいたい人形のレッドが何をしたいのかがまだはっきり分からなかった。

「お前は一体何を考えているんだ。持ち主の所に戻りたければ歩けるんだ、勝手に戻ればいいだけの話だろ。お望み通りお前は自由の身だ。」

俺様の言った言葉が一番正論だと自信満々に言った。

レッドは、

「そうなんだけど。港の家もこの地域にある。帰れるんだが、このままでは帰れないんだよ。」

「何をわけの分からないことを言っているんだ。さっさと帰れ！」

と俺様は怒鳴った。もう関わり合いになるのはごめんだ、と思って立ち上がった。

レッドは俺様の自慢の漆黒の毛にすがりついてきた。

「俺様の毛を汚すな。離れろ。」と体をゆするが、どこにそんな力があるのかという力で俺様の毛を掴んでいる。ぶるぶる体を震わすが掴んだ手は離れず、エクストラマンの体も一緒にぶるぶる揺さぶられている。

「このヤロー、手を離せ。毛をむしるな。離せ。」

いくら体をゆすっても、噛みついてやろうと思っても器用に毛から毛へと逃げていく。

「お前ただじゃ、おかないからな。」

と威嚇しながら牙を見せたところで、レッドはにやにやしながら俺様の体から離れようとしない。

俺様は体を揺さぶるのをやめ、その場に座った。

レッドは俺様の体を這い上がって首元まで来て、

「お願いだ。手を貸してくれ。俺が人形なのにしゃべれるのは桜が散り終わるまでなんだよ。桜が散ってしまったらただの人形に戻ってしまう。西矢は一生苦しむことになるんだ。」

と、耳元で話すから耳がこそばゆくなって耳がピクピク必要以上に動いてしまう。

「耳元でしゃべるな。女ならまだしも色気もない奴にしゃべられると鳥肌が立つ。」

「君は敏感だね。」

とクスクス笑いながらレッドが言うもんだから、思いっきり体をブルったらようやく下に落ちた。

「ひどいことするね〜。痛いじゃないか。」

「お前、痛みなんか分からないだろ！」

とフンっと鼻息を鳴らしてやった。

「お前は歩くと目立つ。人形のくせに目立ちすぎるんだよ。あ〜俺様は何をやっているんだろうか。」

と言いながら下へ飛び降りた。

「やっぱりネコはすごいね。」

なんて言いやがる。

「咥えるとかみ砕いてやりたくなるから、背中に乗れ。」

今までこんな屈辱はなかった、俺様はどこまでお人よしなんだ、と思いながらレッドを背中に乗せた。

「どこへ行くんだ。」

「どこへ行けばいいんだ。」

言葉がハモッた。

俺様が先に、

「お前どこに行けばいいのかも分からないのかよ。いい加減にしろよな。」

ため息をつきながら項垂れた。

レッドが、

「まだ話したいことがある。人間に見つからないところで話せないか？」

と言うので、俺様はフンっと鼻を鳴らして歩きだした。

俺様一匹なら見つからない場所はいくらでもあるが、こいつは目立つからな、面倒くせ～なぁと考えながら、いろいろ縄張りの隅々まで思い出しながら歩いていた。

「君の毛並みはすごくきれいだ。座り心地も最高だ。」

なんて呑気なことを言う。

「お前はさっき俺様の自慢の毛をむしっていたんだぞ。」

「すまない。振り落とされないように必死でしがみついていたから、むしっていたのを知らなかった。」

くそ～と思いながら、今回も無視した。

気がつけば雨は止んでいた。ありがたい。濡れながらこいつを背負って歩くのはごめんだ。こいつの体は水をはじくが、はじいた水が俺様の毛に落ちる。それは雨に濡れる以上に避けたかった。

俺様はレッドと出会った公園に戻ろうと歩いていた。

レッドが、

「公園には戻らないで欲しい。」

と言ってきた。

「何でだよ。」

「申し訳ないが、違う場所にして欲しい。」

また理由なしかよ！　と腹の中で思いつつ、右の脇道に入った。

その先に古いが縁側のある家があったのを思い出した。

確かばあさんが一人で住んでいたな。今日は天気も悪いから外には出てこないだろうと考え、そこへ向かって歩いた。

5分ほどでその家の縁側についた。周りはビルが増え日当たりが悪い。昔はいい所だったんだろうに、と思い縁側の端に飛び乗った。

「降りろ」

レッドに言った。

「着いたのか。ここはどこだ。」

「公園からはそんなに遠くない、人間には忘れ去られている家だ。ビルばかりでマンションもあるがこの家に関心を寄せる人間はいない。」

「どうしてだ？」

「この家はたぶん、昭和の戦後に建てられたんだろうな。今の家とは作りが違う。立派な縁側だろ。これはここを建てた爺さんのお気に入りの場所だったんだよ。日当たりも良くてネコや鳥たちもよく遊びに来てた。」

と俺様は立ち並ぶビルを見ながら言った。

「ビルからお前が動いているところを見ても人間にはただの人形か、人形すら見えてないだろうよ。」

俺はつまらなさそうに言った。

「そうか。人間ってのは面倒な生き物だな。」とレッドが言うので、

「お前が言うな。」

と、ツッコミを入れた。

「西矢も面倒な、というより生きにくい生き方をしている。」

とレッドが言うので、

「盗人が勝手に生きにくくしているんだろ。自業自得だ。」

と突き放した返答をした。

「そうではない。俺も最初は君と同じように思っていた。しかし数日一緒にいて違っていたんだ。」

「何が違うんだ。とっとと話せ。」

と俺様が言うとレッドは、

「西矢は俺を握りながら、ごめんなさい、ごめんなさい、と謝り始めた。俺は港に謝っているのかと思ったが、俺に向かって謝っているんだ。俺はさっぱり分からなかった。」と俺様の方を向いて縁側に座り話し始めた。

「西矢は俺に向かって、レッドの兄弟を傷つけてしまってごめんなさい、と言うんだ。俺に兄弟いたっけか？　と思ったが、すぐに分かったよ。同じエクストラマン兄弟の人形だと。」

レッドの話を聞きながら俺様は、エクストラマンって兄弟がいるのだと初めて知った。

「西矢は父親にねだって買ってもらった、エクストラマン兄弟の人形を持っていたんだが、西矢の両親の夫婦仲が悪くなって、母親の精神状態も安定しなくなった時、西矢が大事そうにエクストラマン兄弟の人形を持ってリビングに行ったら、母親がそんな人形捨ててくれと言ったそうなんだ。」と少し悲しそうにレッドが言った。

「西矢は両親に仲良くなってもらいたいから、近くの川に捨てたらしいんだ。それから入院することになって、港が大事そうに俺を持っているのを見て、僕ばっかり嫌な思いをするのはずるい、でも捨ててしまったことを謝りたい、それで俺を摑んで隠したというわけだ。」

俺様は、

「隠した？　盗んだ、の間違いだろ？」と詰め寄った。

「西矢は港が検査に行っている間に俺に兄弟を捨ててしまってごめんなさい、と謝ってすぐに元の場所へ戻すつもりだった。ところが、検査から思いのほか早く戻ってきてしまい言うに言えなくて今の状況だよ。」

「さっさと返せば済む話だろ。港だって、持ってきて、と言ってんだから。何故公園に投げ捨てて行ったんだ。余計状況が悪くなるだろ。」

「君の言う通りだよ。でもそこが子供なんだね。簡単にできることができない。黙って持ち出してごめん、と言えば済むことなのにそれができない。一人で抱えて一人で大変なことだと思って余計に誰にも何も言えなくなってしまう。まぁ親に怒られる、ってのが真っ先に頭に浮かぶんだろうけど。」とレッドは言った。

「あの子が今朝俺を投げ捨てたのは、母親に見つかってしまったからなんだ。母親は父親にまた買ってもらったのか、捨ててこい、と言われてそれであの子どうしようもなくなって、自分で解決できなくなって俺を捨てたんだ。」

と涙を流さないレッドは今にも泣きそうに話した。

「情けは人の為ならず、なんだけどなぁ〜。俺様に頼みたいことは、川に投げ捨てたレッドの兄弟を探すことか？」

と面倒臭そうに言ったらレッドは、

「さすがボスネコデカだ。桜の木が言っていた通りだ。」と言った。

「桜の木がなんて言ってたんだ。お前時々おかしなことを言うな。宇宙人だからか？」とまた呆れたように返答した。

「人形がしゃべる、人形としゃべっている、この時点で俺様もイカレテきているのだが。ここまでお前に関わってきたからにはやってやるか。見返りはあるんだろうな？」

と俺様は横目でレッドを見た。

「見返りとは俗な言い方をするな。終わった時に自分の目で確かめろ。」

とまたまた分からんことを言いやがる。

「あの子はどこの川にその人形を捨てたんだ。」

「近くの川としか分からない。」

まったく何も分かってねぇ～じゃないか、面倒くせーなぁ。

「おい、いつまで座ってやがるんだ。探しに行くぞ。仲間に見つかったらお前八つ裂きにされるから俺様の毛の中にうまく隠れておけ。」

と言い放って歩きだしたら、レッドは慌てて縁側から俺様の背中に飛び乗って、うつぶせに背を低くして隠れたつもりでいた。

まぁ俺様の毛は長毛種ではないから無理があるなぁ、と思いながらも別にいいかと川に向かって歩き出した。

川の名前なんて人間様が勝手につけたものだから、別に俺様にはどうでもいいことだ。

でも、やっぱり川の名前だけでもヒントがあれば良かったと、ぶつぶつ言いながら歩いた。

とりあえず一番近い川までやってきた。護岸工事がしてあり川っぽくないコンクリートの壁の間を水が流れている。大した量の水ではないができれば入りたくない。

俺様は息ができない場所が大嫌いである。絶対に川の中には入らん、と自分に言い聞かせながら、やっぱり引き受けなければ良かったと後悔した。

だがボスネコの俺様としてはこの地域を守っているため弱音は吐けない。

メスだったら良かった、と思った瞬間茶白の美人猫ちゃんを思い出した。

また猫パンチをくらうな、余計なことは考えるのはやめようとぶんぶん頭を振った。

「どうしたんだ？」とレッドが話しかけてきた。

何でもない、と答えてから、

「この川か？」と聞いたが分からないと言う。

どこの川か分からない奴に聞いた俺様がバカだった、とため息をついた。

「君はため息が多いなぁ。」

とレッドが言うので、お前のせいだからな、と言いそうになったのを我慢した。

「お前の兄弟は同じ銀色をしているのか？　胸の赤いマークがあるのか？」

といらいらしながら聞いた。

「分からないなぁ。」

「お前は何も分からないんだな。」

と呆れながら言った。

「すまない。兄弟は見たことがない。」

「はぁ？　それで兄弟なのか？」

「兄弟と言い出したのは人間だからなぁ。」

と困ったように言った。

それらしいものが落ちてないか川沿いを歩いた。

そうしたら前からチャトラネコがやってきた。

俺様を見るなりチャトラは、

「ボス、背中に何かくっついてますよ。」

と言ってきた。俺様は、

「いいんだ、ほっといてくれ。ありがとう。」

と言ったがチャトラは、

「俺が取ってあげますよ。俺のグルーミングは好評なんすよ。メス猫なんてイチコロっす。」と目をキラキラさせて言っている。

　このチャトラはサンコと呼ばれ年齢は確か5歳のオスネコで、気の弱い優しい奴である。

　どこかのシマでボコボコにやられて、傷だらけで流れ着いた俺様のシマで面倒を見てやっている。俺様の女に手を出したら容赦はしないが、気が弱く優しいため友達は多いが、肝心のメスネコに振り向いてもらえない奴である。

　チャトラネコはボスになれる要素を身に付けているはずだが、サンコは懐っこいうえ人慣れもうまく餌場の拡大に尽力しているので、俺様はそっと見守っている。

　そんなサンコに見られてしまった。あまり情けない姿を見せたくない。

「おい！　もっとうまく隠れられないのか？」と小さな声でレッドに言った。

「無理だな。毛がない。」

「毛がないじゃないだろ。短いだろ。言葉を覚えろ。」

と話していると、サンコが、

「誰と話しているんすか？」

と聞いてきた。

「ん？　空耳だろ。」ととぼけてみた。

「ふーん。背中の銀色なんすかね。ジャマっすよね。取ってあげますよ。」

と言いながら近寄ってきた。

俺様は慌てて、

「いいんだ。大丈夫だ。」と言ったが遅かった。

「なんだこれ？　人形を背負っているんすか？」

と不思議そうに言ってきた。

サンコが咥えようとした時、

「あの、そっと咥えて下さい。」

とレッドが言った。

サンコは驚いて背中の毛を逆立てて飛びのいた。

「え？　え？　誰がしゃべったんすか？　え？　なんすか、え？　人形？」

と俺様に向かって捲し立てながら言ってきた。

俺様はまたため息をついてしまった。

「落ち着け。俺様がいるから大丈夫だ。何もしやしないさ。」

と言ってみたがサンコは、

「人形がしゃべったんすよ。落ち着いていられるわけないでしょ！」

と言うので、まあ座れ、とサンコに促した。

サンコは3ｍくらい離れたところで、いつでも飛び掛かれるような姿勢になった。

俺様はまたため息をついた。

「大丈夫だ。こいつただのしゃべれる人形だ。」

「何でしゃべれるんすか？　人形っすよね。」

と言うので俺様は少し考えてから、

「俺様たちがおかしくなったんじゃないか。」と言ってみた。

サンコはしばらくの沈黙の後、

「そうっすか。確かに最近俺おかしいんすよ。女に振られてばかりだし。」

と言った。それはいつものことだろ、と思ったが、

「季節の変わり目はな、ネコも人形も人間様もおかしくなる。」

と言ったらサンコは妙に納得していた。

そこへレッドが俺様の背中から降りて話し出した。

「君の仲間ですか？　なかなか優秀な部下だな。」

と何を企んでいるのか、サンコをおだて始めた。

「お若そうですね。さぞや女性にモテるでしょう。ボスに引けを取らない良い毛並みをしていらっしゃる。」

と、ぬけぬけと言い始めた。サンコは急にしっぽを立てて、

「そうすかっ。ボスには悪いと思っているんすが、毛並みは自分の方がいいと思っているんすよ。」

と俺様の顔をチラチラ見ながら言った。そんなことを思っていたのか、と半ば呆れて聞いていると、

「で、ボスはなんでこのしゃべる人形と一緒にいるんすか？」

「話すと長くなるから詳しいことは後で話す。お前手伝ってくれないか？　時間があまりないんだ。」

と、話すとサンコは不思議そうに、

「時間がないってどういうことすか？」

と聞いてきた。

「こいつがしゃべれるのが桜が散り終わるまでなんだよ。それまでにこいつに似た人形を探さなくてはならないんだ。」

「何で桜が関係あるんすか？　ボス、騙されてないっすか？」

と、きわどく聞いてきた。

「ボスはさぁ〜、この間、妙に色っぽく鳴く白のメス猫に騙されたばかりじゃないですか。ボスは女に弱いからなぁ〜。俺はやめた方がいいっすよ、って言ったのにしっぽ立ててすり寄って行ったら、そのシロネコ避妊済みだったなんてことがあったすよね。デカが騙されちゃダメっすよ。」

とサンコが真面目な顔をしながら話している、それをレッドが笑いながら聞いていた。

「でもボスは女以外はカッコイイからみんなボスを慕っているんすよ。この間なんか……」と話を続けそうになったので俺様は、

「もういいから、時間ないんだ、手伝え。」

とサンコの言葉をさえぎった。

サンコは了解の代わりに右前足を敬礼のようなしぐさで応えた。

サンコは仲間にも声をかけてみます、と言って走り去ってしまった。

レッドは、

「君は仲間から慕われているね。さっきのネコも俺に噛みつかなかったから、君が本当に人望と言うかネコ望があることを改めて知ったよ。君はすごいね。」

と言い始めるので、こいつはまた何か企んでいるのかと警戒した。

「桜の木はずっと君たちを見ているんだな。なんか羨ましい気持ちになるな。」

とレッドは言った。俺様は川沿いを歩きながら、

「お前がちょくちょく言う桜の木って何のことだ?」

レッドは「桜が散り終わる頃に分かる。」と答えただけだった。

殺風景な川沿いを歩いてみたがそれらしいものはなかった。

もう太陽が真上辺りだから昼頃になるか、と考えながら川沿いをきょろきょろ探しながら歩いた。レッドはバカに静かである。

人間様を見かけると俺様は素早く茂みや物陰に隠れた。そのたびにレッドは木々や何かにぶつかっているようだったが、何も言わず俺様の

背中にしがみついていた。

　この陽気だと桜はすでに散り始めているからあとどれくらいだ、と考えてみた。
　4、5日もすれば散り終わるんじゃないか、えっ、それまで俺様はこいつとずっと一緒にいなければならないのか、それだけはごめんだ、と思い歩みを速めた。

　俺様の縄張りギリギリの所の川沿いまで歩いてきたが、それらしいものはなかった。

　休むため川岸に座った。レッドが背中から降りてきて、

「疲れただろ。申し訳ない。」と言ってきた。

「お前らしくないなぁ。」と答えると、

「すぐに見つかると思っていた。半日以上歩いても見つからないのであれば難しいのかもしれない。この先は君の縄張りではないんだろ。君を

危険な目に遭わせたくない。」

と、らしくないことを言ってきた。俺様は適当に、

「ふん。俺様を誰だと思っているんだ。どこに行ってもボスネコデカなんだよ。覚えておけ。」

と言うと、レッドは川を見ながら、うん、うん、と頷いていた。

とはいえ、カッコよく言いはしたがマジで考え込んでいた。他のシマはマズイ。

俺様は気配を消せるが、俺様が自分のシマを離れたスキに他のネコが来たら仲間を守ってやれない。

くそ～、腹は減るしどうすべきか、ボスとしてデカとしてどう動くか考えた。


「まずは飯を食おう。」と俺様が言った。レッドも「腹が減ったな。」と言うもんだから「お前は人形だろ。」と言い返した。

俺様たちは川沿いから住宅街へ入って行った。一年中ネコ餌が置きっぱなしになっている家を思い出した。安い餌のうえ、出しっぱなしなので湿気てウマくないから俺様は滅多に来ない餌場だ。

ここも懐っこいサンコが広げた餌場である。餌場の家はすぐに着いた。他のネコはいない。餌箱は4つあり、どれも少しずつ餌が残っていた。俺様はあまりウマくない餌を食べた。

レッドは餌場の周りを物珍しそうに歩き回っていた。俺様は、「あまりウロウロするな。家の住人に見つかったらどうするんだ。ここは住宅街だから誰に見られてておかしくないんだぞ。」と注意したが、レッドはそれでもウロウロ歩いていた。

飯を食っていたら、いきなり家のガラス窓が開いた。60代くらいの女性が窓から「あら～珍しい。いつものトラちゃんじゃないのね。」と優し気に声をかけてきたが、俺様は姿勢を低くしてじっと女性を睨んだ。

「野良ネコちゃんね。お腹空いていたのね。いっぱい食べていってね。」と言うがほとんど餌はないんだが、と、このおばちゃんにも一人ツッコミを入れた。

急におばちゃんが俺様から目を離したと思ったら、レッドの方を見ていた。

「あら、誰の人形かしら。拾っておかないと。」と言ってガラス窓を閉め、玄関の方へ向かったのを確認してから俺様は「早く背中に乗れ！」とレッドに言って急いでその場を立ち去った。本当に危なかった。レッドが拾われていたら全てが終わってしまっていた。

「もうウロウロするな。」と語尾を強めて言うと、レッドは、

「君の逃げ足はピカイチだな。」と言い、まったく反省している様子はない。

先ほどのつつましい態度はどこへ行った、と走りながら思った。

俺様たちはもう一本の川の方へ歩いていた。川と川に挟まれている地域のため他のネコが寄り付きにくいのも気に入っている。そしてなかなかの広さを確保している。

だが、川と川に挟まれている街のため次の川は反対側になる。結構な距離をこいつを背負って歩かなければならない。

仕方なく人間様に見つからないように気配を消し、隠れながら反対側の川に向かって歩いた。

何本か道路を横断しなければならない。この時が一番緊張する。俺様くらいになると信号の赤、青、黄色の意味も分かっているから、一匹の時はシレッと小走りで渡るのだが、今回はこいつを背負っているからそうもいかない。夜まで待つか。そう考えマンションとビルの間に小さな公園がある方へ向かった。

「さっきは飯をほとんど食えなかったから腹が減ったな。おまけにこいつを背負っているから自慢の毛もぼさぼさだ。」と、とぼとぼ公園に向かって歩きながら独り言を言った。

日も傾き夕日が道路を照らしていた。明日は晴れるな、と思いながら公園に着いた。

マンションはあるのに公園で遊んでいる子供はいない。

昔はいっぱい泥だらけになって遅くまで遊んでいた子供たちは、今や大人になって子供を作り家族を作っている。なのに、公園でその子供たちが遊ばないのはなぜだろう。

人間様の考えることは俺様たちネコには理解ができないところがたくさんある。この地球上の生き物で一番生きにくくなったのは人間様ではないかと思ってしまう。人間様って高等な生き物なのか？　本当に高等な生き方をしているのか？　高等ってなんだ？　とネコ頭の俺様が考えたところで解決しないから考えるのをやめた。

遊具と植え込みの陰に隠れていたが緊張が走った。柴犬を連れた人が公園に入ってきたのだ。柴犬はすぐさまこちらを見た。イヌの嗅覚はやはりすごい。だが柴犬は気づかないふりをして公園を一回りしてまた出て行った。イヌはネコを見つけると追いかけてくる奴がいる。唸ったり吠えたりするイヌが多いのに、あの柴犬は俺様に気がついていたが気づかないふりをした。何故だ。と考えているとレッドが「ここにも桜の木があるからさ。」と言った。

はぁ？　朝から桜の木を話題にちょくちょく出してくるが、桜の木がなんだって言うんだ？　と言う思いを無言の圧でレッドにぶつけた。

レッドは「桜の木はなんでも見ていて、みんなにいろいろ教えているんだ。特に桜の花が咲く頃が一番桜の木もおしゃべりになるんだな。」と言った。

俺様は「桜の木は話ができるのか？」と聞いた。

「う〜ん。話ができるって感じではない。意思が入ってくる感じだ。」と言った。

くそ～、また分からんことを言いやがる。意思が入ってくる？　どんな風にだ？

俺様は今までそんなことは一度もなかった。

俺様の頭はまともだったから桜の木は桜の木であって、しゃべるはずもない。

でも今の俺様はこいつとしゃべっているからおかしいよな、と柴犬が去った方向を見たまま思った。

我に返った俺様はレッドの方を向いてから上を見た。真上に桜の木が花をつけてひらひら花びらを落としていた。こんな所にも桜の木があったんだな。ネコは基本前しか見ないから気がつかなかった。桜の木は落とす花びらを静かに増やしている。

俺様は、今はまだ危険だから動き出すのは夜中だな、と思い、レッドに「腹ごしらえをしてくるからここを動くなよ。」と念を押して桜の木を見ながら公園を出た。

この位置だと〜、と一周ぐるりと辺りを見回した。

「あいつの餌場だが少し分けてもらうか。」と大通り方面に歩き出し信号が青になったところを素早く渡った。人間様がかなり往来している。

あいつを背負って渡らなくてよかったと心底思った。俺様一匹ならちらっと見られる程度で誰も気に留めることはない。

交差点を渡り切りまっすぐ商店街の中に入って行った。シャッターの下りた店が多い。

人間様も年を取れば働けなくなるらしい。俺様の上司も寝てばかりだ。足腰が弱って動く動作もゆっくりである。人間様も同じか。何軒かはシャッターを開け、店をやっている。そのうちの一軒の肉屋の店先にネコ餌が置いてある。これは肉屋の主人に可愛がられている黒白の、しっぽは黒、体は白、顔は黒のハチワレ模様をしているメス猫用の餌である。

ニャーニャーよく鳴くネコでそれがこの肉屋の主人を虜にしたらしい。

店では飼えないからって、餌だけ店先に置いておいてくれる。餌をくれる時間も店を開ける少し前と、夕方辺りから少し暗くなった頃にくれるらしい。

俺様は店先に視線を移すとハチワレネコが餌を食っていた。

そっと近づき「久しぶり。」と声をかけるとハチワレネコは「あっ、ボス。」と言い食べるのをやめて一目散に逃げてしまった。

俺様はボーッと逃げていくハチワレを見ていた。姿が見えなくなってから「何で逃げるんだ？　まぁいいか、悪いが餌を頂くよ。」と心の中で言って全部平らげてしまった。

「悪いなぁ～、このお礼はいつかするから。」と姿を消した辺りを見ながら言った。

満足した俺様は商店街の路地にある室外機の上に登って毛づくろいを始めた。

「あいつめ、こんなに毛並みを乱しやがって。」と太々しいレッドの顔を思い出した。

あいつ一人で大丈夫か、と急に不安になってきたので、毛づくろいもそこそこに室外機から降りてまた道路に向かって早歩きで歩いた。

相変わらず人間様の往来が多い。青信号になり、走って一気に渡った。

スマホとやらを見ながら渡っている若いサラリーマン風の男の足元を俺様がすごい速さですれ違うと、「うわっ。」と声を上げたが、「前を見て歩け。」と思いながら走り去った。

急いで公園に戻って遊具とツツジの茂みの間へ入って行くと、サンコとレッドが楽しそうに談笑しているではないか。

俺様は心配なんかするんじゃなかったと思った。サンコが俺様に気づいて「ボス、お帰りなさい。」と言った。

「こんな奴の面倒見てくれて悪かった。」と言うとサンコは「いやぁ～話はレッドから聞いたっす。ボスはよく手を貸す気になったっすね。やっぱりボスは違うなぁ～。」としみじみ言うではないか。レッドはサンコの話を嬉しそうに聞いている。

「それで、ボスたちが探している人形がどうやら○○川にあったそうなんすよ。肉屋で飯をもらってる黒白のハチワレちゃんがいるでしょ。あのハチワレちゃんが見たって言ってたんすよ。」とサンコの言葉を聞きながら、さっきあのハチワレ、俺様に会ったよな、何で逃げるんだよ、と悲しい気持ちになった。

サンコは続けて「昨日まではあったそうなんっす、今日はなかったと言ってたっす。」と言った。

人形はどこへ行ったんだ。誰かに拾われたのか。俺様は考えながら話しかけた。

「今日、川にないということは、川に行っても無駄足になるんだな。ハチワレを信用するか？」と聞くと「ハチワレちゃんは嘘はつかないっす。俺とも仲が良いし時々駄弁ってるから信用して問題ないっす。」と大きな声で言った。

さて、これからどうするか、どこを探せばいいんだ、と途方に暮れていたらサンコが、

「あ～まだ続きがあって、ある家のベランダで見たって言ってたっす。」と言った。

「それを早く言えよ。ハチワレはどこの家のベランダで見たって言ったんだ？」と聞くと、

なんと西矢が住んでいるマンションだった。

「おい！　どうなっているんだ。」とレッドに詰め寄った。

レッドは「俺も分からない。」と驚いたように言った。

「あ～、とにかく夜になったらあの子のマンションに行くぞ。」といらいらしながら言った。

本当にとんだ一日だと思った。サンコは何が楽しいのか、そわそわしている。

「おい、遊びじゃないんだぞ。」と言うとサンコは「何かデカっぽくて

いいっすよね。聞き込みみたいなことして、証拠品を探しにいくみたいでさ～。」と楽しそうに話している。

まったく若いネコはすぐ遊びにしちまう、と思ったがサンコの情報網のおかげで人形のありかが分かったからいいか、と少しにやけながらサンコを見た。

「なんすか？　俺の顔に何かついてますか？　グルーミングは丁寧にやってるんすけど。」と、またトンチンカンなことを言っている。「これがこいつのいい所だな。」と自然と微笑んでいた。

微笑むなんてここ何年もなかったなぁ、と思っている隣ではサンコとレッドが話に盛り上がっている。その姿を見ながらこれでいい、これがいい、と思った。

そんなこんなしているうちに、だいぶ夜も更けてきた。公園脇を通る人もほとんどいなくなった。「さてそろそろ西矢のマンションに行ってみるか。」とサンコとレッドに言った。

「そうっすね。だいぶ暗くなったしそろそろ行きますか。」と言いながらサンコは伸びをした。レッドは俺様の背中によじ登ってきた。サンコではまだレッドを背中に乗せて俊敏な動きができないうえ、漆黒の俺様の方が見つかりにくいことをレッドは知っているのだろう。

歩きながらサンコが「その人形見つけたらどうするんすか？」と、的を射る質問をした。

「おい、どうするつもりなんだ。」とレッドに聞くと、

「見つけた人形を西矢に返す。そして俺を西矢から港に返させる。」と言った。

「また面倒なことを考えているな。お前を港に西矢から返させるってどうやるんだよ。」と立ち止まって聞き返した。

レッドは考え、少ししてから、

「何かいい方法はないか？」と聞いてきた。

「お前は脳みそないのか。いつも何も分からないばかりだ。」

と俺様が言うと、

サンコが「人形に脳みそはないっすよ。」とシレッと言った。

レッドは苦笑いして、

「悲しくなることを言うなよ。これでも考えているんだ。」と、みんなで文句を言いつつ歩いていたら、西矢のマンションの前まで来た。

「ベランダは裏側だな。裏へ回ってみよう。」と俺様が言い、

人間様がいないか確認し、自転車小屋の前を隠れながら歩いて裏へ回ったが、西矢の部屋は3階なので見上げても確認できなかった。

「ハチワレはどこから見たんだ？」とサンコに聞くが、そこまで聞かなかったと、答えた。周りを見渡しながら登れるところを探した。

急にサンコが「俺が自転車小屋の屋根に上って見てくるっす。」と言いながら素早く自転車伝いに屋根まで上って行った。

「何か見えるか？」と、聞いても返事がない。

「あいつどこへ行ったんだ。大丈夫か？」

と、心配になり俺様もレッドを背中に乗せて自転車伝いに屋根まで上ると、サンコが一点を見つめていた。

「どうした？」と聞いても答えない。サンコが見つめているところに視線を向けると、一瞬にして硬直した。レッドも固まっている。

ベランダで西矢が人形を持ってしゃがんでいるではないか。

俺様はレッドに小声で「兄弟っていうのはあの人形のことか？」と聞いた。

レッドは「たぶんそうだと思う。」と答えた。

西矢はレッドの兄弟人形の汚れを取るかのように優しく撫でていた。

俺様は「おい、どうするんだ。」とレッドに聞いた。

レッドは少し考えてから、「西矢の大事にしている兄弟人形は西矢の手に戻った。俺は俺の足で港の所に帰るよ。」と言った。

俺様はイラつきながら、「それでいいのか？　あの子の心の中はお前を盗んだ時のままだぞ。」と強く言ってはみたが、他に考えもなく俺様もレッドもサンコも黙ってしまった。

黙って様子を窺っていると、人形を握っているあの子の様子が少しおかしいことに気がついた。

俺様たちは自転車小屋の屋根の上で姿勢を低くしながらそれを見ていた。

西矢は何か話をしているようだった。誰と話しているんだ、と聞き耳を立てたが会話は聞き取れなかった。

そうしたらいきなり西矢が立ち上がり俺様たちの方を見た。

西矢が持っている人形もこちらを向いている。

いきなり西矢が持っている人形が俺様たちに向かって手を振ってきた。

「なんだ？　どうなっている？」と小声で言ってはみたが、レッドもサンコも何も言わない。西矢の持っている人形が親指を出し、下へ向けて動かした。

「下で待ってろ、と言う意味か？」と言うと、ようやくサンコが「そうだと思うっす。」と答えた。

俺様たちはまた自転車伝いに下へ降りた。

少ししてからあの子が自転車小屋の前まで来た。

俺様たちはいつでも逃げられるよう身構えた。

すると西矢が持っている人形が「いろいろ迷惑をかけてしまい申し訳ない。」と話しかけてきた。俺様たちはそのままの姿勢で話を聞いていた。

その人形は「ここではマズイので桜の木のある公園まで来て欲しい。」と言うと、
そのまま西矢と人形はまたマンションの中へ入って行った。

俺様たちは顔を見合わせた。サンコが「それこそ信用していいんすか？　子供とはいえ、人間っすよ。危険っすよ。」と言う。俺様も同じように感じていた。

俺様とサンコが疑いの眼差しでレッドを見ると「大丈夫。自分の兄弟

は信用できる。」と言った。

「お前は兄弟がいたのも知らなかっただろ。何をもって信用なんてできるんだ。」

と迫るように言うと、
レッドは「君たちは隠れていていいから、公園まで連れて行ってくれないか。」と言った。俺様とサンコは顔を見合わせた。

「くそっ、乗りかかった船だ。今更、結末を見ないなんて寝つきが悪くなる。」と独り言のように言い放ち、サンコに「お前はここまででいい。あとは俺様が見届ける。」と言うと、「それはないっすよ。俺だって最後まで付き合うっす。」と言った。

そうか、と言うように頷いて俺様たちは桜の木のある最初の公園へ向かった。

サンコは、先に行って偵察しておきます、と言い走って行った。

何時頃だろうか。人間様の気配はまったくない。俺様とレッドは黙って公園へ向かった。

あと少しで公園に着く頃、レッドが話し出した。

「桜が散り終わるにはまだ二、三日あるね。俺は人形には戻りたくないよ。」と言った。

「お前はただの人形に戻るのか？」と聞くと、

「西矢が俺を港に返したらただの人形になる。まだこのままでいたい。君たちともう少し一緒にいたい。」

「今日は長い一日だ。いろいろありすぎた。何だか分からないが、不思議なことはそう長くは続かないさ。」静かに話すと、

「その通りだな。」とレッドは悲しい声で答えた。

そのあとは黙って公園に入った。公園にはサンコが先に着いていて、

「遅いっすよ。」と元気いっぱいの声で言うもんだから、こいつは場の空気が読めないから女にモテないいんだな、と改めて思った。

「西矢たち来ますかね。」とそわそわしながらしゃべっている。

「落ち着け。いきなり飛びだすなよ。」と釘を刺しておいた。

しばらく沈黙が続いたあと、人間様の足跡が聞こえてきた。子供の駆け足の音だ。

そのまま公園の中に入ってきた。俺様たちはツツジの茂みに隠れていた。

子供はまっすぐにこちらへ向かってきたので、俺様たちは動揺した。夜では俺様を見つけることは困難なはずだが、迷いもせずこちらへ向かってくる。

逃げるべきか、サンコはパニくって俺様の体を前足でドンドン叩いている。

そうこうしているうちに、西矢はツツジの茂み前まで来ていた。俺様とサンコは黙って身を潜めた。

ツツジの茂みがガサガサと音を立てた。俺様たちに緊張が走った。

レッドに似た人形の姿をとらえたと同時に突然「君が自分の兄弟かい？」と言葉が聞こえてきた。

俺様の尻辺りに隠れていたレッドは、そっとツツジの枝をよけながら出てきた。

レッドは恐る恐る「俺の兄弟？　と言っていいのか？」と言った。

兄弟の人形は「そうだ。自分はエクストラマンの中のブルーだ。胸の所が青いだろ。だからブルーだ。君はレッドだね。自分たちの兄弟はもっとたくさんいる。会えるかは運しだいだが。」と言い、続けて「今回のことは本当に申し訳ない。自分は西矢の手元へ戻ることができた。西矢が川へ自分を捨てた日に母親が急いで拾いに来て、ベランダに自分を隠したんだ。」と言った。

「そうだったのか。見つからなかったわけだ。」とレッドが答えると、

「探してくれてありがとう。母親がなぜ自分をベランダに隠したのかは分からないが、西矢も母親も少し時間はかかるが自分の道を歩き始めて

いくと思う。西矢は謝ることのできる子だから、今回のこともきっと大丈夫だ。」とブルーが言った。

サンコは「俺たちのこと見えてるんっすかね。」と、ひそひそ声で俺様に言ってきた。

それが聞こえたのか、ブルーは「クロネコ君、チャトラネコ君、君たちには本当に感謝している。人形だからとバカにせず、力を貸してくれてありがとう。本当にありがとう。」と深々と頭を下げた。レッドはツツジの枝を避けながらブルーの隣に行き、兄弟並んで一緒に深々頭を下げた。

ブルーは「これから西矢と僕たちで、病院へ行く。夜の病院の方が目立たなくていいから。西矢から君を返させるよ。」と言った。

沈黙していた俺様は「どうやって?」と思わず聞いてしまった。

ブルーは西矢は病院の職員に見つからずに港の所まで行けると話した。

それはすべてこの桜の木が力を貸してくれているからだとも言った。

俺様は「人形と話ができることを西矢は知っているのか？」と聞くと、ブルーは「知っている。自分は西矢と話をした。だが全てが終わったら自分たちの会話のことは忘れることになっている。」とも言った。

それまで黙っていたサンコが「え〜今まで奔走してきたんすよ。頭使ってさぁ〜。全部忘れちゃうの〜。結局俺ら役に立ってなかったってことっすか？」とイタイことを言う。

ブルーは「君たちの協力がなければ自分たちは会えなかった。会えたからこそ自分たちは元の居場所へ戻ることができる。自分とレッドはただの人形に戻っても君たちのことは決して忘れない。君たちの記憶も消えることはない。」と言った。

サンコは俺様の方を見て「良かったすね。俺たちの記憶まで無くならなくて。ボスがまた騙されたらどうしようかと思ってってたんす。」と真剣な顔をして言うので、俺様はサンコの頭を小突いた。

「何するんすか。心配してるんすよ。」と言うサンコに俺様は「ありがとな。」と言った。

サンコは嬉しかったのかニコニコして頷いた。

黙っていたレッドが「病院に行くんだが一緒に来てくれないか？」と言ってきた。

俺様は「3人で行けばいいだろ。」と言ったが、レッドの「お願いだ。」が始まった。

サンコと顔を見合わせて、しょうがないなぁ、というしぐさをした。

レッドは嬉しそうに俺様の背中に乗ってきたから、振り落としてやった。

「西矢に持ってもらえばいいだろ！」と言ったが、レッドは「最後に君の背中の感触を覚えておきたいんだ。」と言う。

俺様とサンコは黙って目を合わせた。俺様はお座りをしてレッドが上りやすいようにした。

いつの間にか西矢とブルーがいなくなっていた。どうやら西矢と病院へ向かったらしい。

俺様たちもサンコと並んで病院まで歩き出した。

病院までの距離は歩いて15分くらいだ。その間に人間様や仲間のネコに見つからないという確信があった。

何故だか分からないが、サンコも同じように感じていたようで、いつもは隅っこを隠れるように歩いている道を、俺様とサンコと背中に乗せたレッドで道の真ん中を並んで歩いた。

静かだった。気持ち良いそよ風が吹き、俺様たちしかこの世にはいないのではないかと思うくらい静寂だった。サンコはしっぽを立てて胸を張って堂々と歩いていた。

それを見て俺様も真似してみた。サンコはすぐ気がついて「真似したっすね。」と楽しそうに、嬉しそうに言ってきた。

背中のレッドもアニメに出てきそうなライオンにまたがった人間様のように、俺様の背中の上で片手で俺様の毛を掴み、胸を張って片手を真上に挙げていた。

「こいつ何やっているんだ。」と思ったが今夜は何をやっても許そう、と思いそのまま好きなようにさせておいた。

月が出ていた。俺様たちの影が道に堂々と映し出されていた。

道の真ん中を堂々と歩くことが、こんなに気持ちが良いものだとは思わなかった。

新しい発見であった。またいつかはこうやって仲間と歩ける日が来ることを願った。

そのまま病院まで堂々と歩いた。病院へ着くと西矢とブルーがすでに到着していた。ブルーが手招きするのでそちらへ向かって歩いて行くと、どうやら「救急出入り口」と書いてある所から入るらしい。

79　俺様はボスネコ　デカ

しかしまったく人間様の気配がない。何故だ？　と、思いつつ西矢とブルーはどんどん病院内へ入って行く。

俺様たちも続いて入って行く。人間様がいない。どんどん歩いていく西矢たちに離されないように、人間様に見つからないようにとついて行った。西矢はエレベーターとやらに乗り込んだ。俺様たちもビビりながら乗り込んだ。

どこかの階でエレベーターが「チン」と鳴って扉が開いた。西矢は迷うことなくエレベーターを降り、言葉を発することなく歩いていく。俺様たちも恐る恐るついていく。

ある部屋の前で西矢は立ち止まった。どうやら港の病室らしい。

病室へ入るのを戸惑っているようだが、病室から声が聞こえてきた。

「見つけて持ってきてくれたんだね。」と弱々しい声だったが、それでも明るく頑張って声をかけたんだろう、というような声だった。

西矢はゆっくり病室に入って行った。

俺様たちはベッドの下から見つからないようにコソコソ病室に入った。

港のベッドの下へ来るとレッドはゆっくり俺様の背中から降りた。

そして俺様の首の辺りをギュッと抱きしめて「ありがとう。」と言った。

サンコにも同じことをしてから、俺様たちに深々頭を下げ、西矢の足元へ行くと急に倒れた。俺様たちは焦ったが、西矢はそれを拾い上げた。

今まで一言も言葉を発しなかった西矢が急に「ごめんなさい。ごめんなさい。」と言いながらレッドを港に渡した。

港は「きれいにしてくれていたんだね。ありがとう。何か外の香りがする。」

と笑顔で答えた。二人はしばらく沈黙していたが、港が、

「君が手で持っているのが、君の大切な友達なんだね。」とブルーを指さした。

西矢は「そうなんだ。大事な友達なんだ。僕はその……君の大事な友

達を盗ってしまって本当にごめんなさい。」と頭を下げた。

港は「きっと持ってきてくれるって思っていたから、また君にも会えたし、今度このエクストラマンのレッドとブルーで一緒に遊ぼうよ。」と優しい声で言った。

西矢は泣きながら嬉しそうに頷いた。

そしてまた遊びに来る約束をして病室を出た。

サンコの顔を見たら泣いていた。俺様はサンコの肩をポンポンと優しくたたいた。


病室を出る時一瞬レッドの方を振り返った。レッドはしっかりドアの方を向いていて、静かに港の枕元にいた。

俺様はレッドに向けて片手を挙げ、そして急いで病室を出た。

西矢の後ろについてエレベーターに乗り、また緊急用の出口から一緒に出た。

西矢は最後まで俺様たちに気づいていないのか、そのまま嬉しそうに自分のマンションに走って帰って行った。

西矢が走りだす少し前にブルーが「子供たちは朝起きた時には仲直りしたことしか覚えていないから安心してくれ。自分もそろそろ元の人形に戻る。でも君たちのこともレッドのこともずっと忘れない。ありがとう。」と言って動かなくなった。

俺様とサンコはその場に立ち尽くしていた。どのくらい時間が経ったのか分からない。

いきなり新聞配達のバイクの音がした。静寂が解けたんだ。

俺様たちはうっすら明るくなりつつある道路を二匹で並んで歩いた。

サンコはもう泣いていなかった。

今日もまた一日が始まる。

腹ごしらえしてからパトロールに行くか、と思ったが、今日はのんびりこの余韻を寝ながら楽しむのもいいか、と思った。

俺様とサンコは自然と桜の木のあの公園に来ていた。

俺様はサンコに「泣いていただろ。」と聞くと、「あれで泣かない方がおかしいっすよ。」と言った。今の時代男が泣いてもいいのか、と複雑な思いになった。

サンコは「子供たちも人形たちも幸せになって欲しいっす。」と言った。

俺様も頷いて応えた。

公園の桜の木は嬉しそうに花びらをクルクル躍らせながらゆっくり散らしている。

俺様とサンコは少し寂しいような、達成感があるような、そんな気持ちでその桜の木を眺めていた。

著者プロフィール

小川 真知子（おがわ まちこ）

1973年生まれ。神奈川県出身。
22歳から25歳まで看護師として勤務。
26歳、明海大学歯学部歯学科入学。
32歳、同大学卒業。その後、歯科医師として勤務。
44歳、開業、現在に至る。

俺様はボスネコ　デカ

2024年12月15日　初版第1刷発行

著　者　小川 真知子
発行者　瓜谷 綱延
発行所　株式会社文芸社
〒160-0022　東京都新宿区新宿1－10－1
電話　03-5369-3060（代表）
03-5369-2299（販売）

印　刷　株式会社文芸社
製本所　株式会社MOTOMURA

ISBN978-4-286-25889-8